AF592136

1913 - Mars 12
(N° 286)

Vente des Mercredi 12 et Jeudi 13 Mars 1913

HOTEL DROUOT — SALLE N° 10

N° 61 du Catalogue.

ESTAMPES

DES

XVIe, XVIIe, XVIIIe et XIXe SIÈCLES

Me F. LAIR-DUBREUIL — M. LOYS DELTEIL

FRAZIER-SOYE
GRAVEUR-IMPRIMEUR
153-155-157, Rue Montmartre
PARIS

CATALOGUE

DES

ESTAMPES

DES

XVIe, XVIIe, XVIIIe et XIXe SIÈCLES

Dont la vente aura lieu

à Paris, HOTEL DROUOT, Salle N° 10

Les Mercredi 12 et Jeudi 13 Mars 1913

à 2 heures précises

Par le Ministère de Me F. LAIR-DUBREUIL

COMMISSAIRE-PRISEUR

6, *Rue Favart*

Assisté de M. LOYS DELTEIL, Graveur et Expert

2, *Rue des Beaux-Arts*

BIBLIOTHÈQUE NATIONALE B. F. EST.

CONDITIONS DE LA VENTE

Elle sera faite au comptant.

Les adjudicataires paieront *dix pour cent* en sus des enchères.

M. Loys Delteil remplira les commissions que voudront bien lui confier les amateurs ne pouvant y assister.

MM. les Amateurs pourront visiter la collection, 2, *rue des Beaux-Arts*, du Mardi 4 au Mardi 11 Mars 1913 (*les Samedi 8 et Dimanche 9 exceptés*).

Le Peintre-Graveur Illustré

(XIXe & XXe SIÈCLES)

par LOYS DELTEIL

OUVRAGE HONORÉ D'UNE SOUSCRIPTION DU MINISTÈRE DE L'INSTRUCTION PUBLIQUE ET DES BEAUX-ARTS

R. F.

VIENT DE PARAITRE :

TOME VIII consacré à

EUGÈNE CARRIÈRE

contenant la biographie du Maître,

et le

Catalogue raisonné de son œuvre gravé et lithographié

avec la reproduction

de toutes les planches décrites.

1 volume in-4°, orné du portrait de CARRIÈRE

et de 45 *fac-simile.*

Tirage :

50 exemplaires de luxe, sur japon. . . .		60 francs
300 —	avec lithographie originale.	25 —
100 —	sans la lithographie	16 —

EN PRÉPARATION :

TOMES IX et X, consacrés à H. DE TOULOUSE-LAUTREC

TOME XI, consacré à GUSTAVE LEHEUTRE

TOME XII, consacré à CHARLES-FR. DAUBIGNY

TOMES XIII et XIV, consacrés à GOYA

TOME XV, consacré à GÉRICAULT

N° 327 du Catalogue

DÉSIGNATION

ALIBERT (à Paris, chez)

1. Le Sommeil interrompu. Deux belles épreuves, une à *l'état d'eau-forte*.

ALIX (P. M.)

2. Voltaire, à l'habit rouge. Bonne épreuve, *imp. en couleurs* (sans marges).

AMAND-DURAND

3. Héliogravures d'après les Maîtres Anciens, 120 planches.

AUBRY (d'après Etienne)

4. La Reconnaissance de Fonrose — Le Mariage conclu — Le Mariage rompu. Trois pl. par R. De Launay. Belles épreuves.

AVELINE (Pierre)

5. L'Été — L'Automne — L'Hiver — Flore — Vénus à sa toilette. Cinq pièces. Très belles épreuves.

BARNEY (d'après J.)

6. *The Kite Completed*, par T. Gaugain. Belle épreuve.

BARTOLOZZI (F.)

7. *The Origin of Painting* — *The Graces crowning the Bust of Raphael* — Les petites Bacchantes, d'après Diana Beauclerck. Trois pièces. Belles épreuves.

8. Bartolozzi (F.), par Bouilliard et Haïd — Bacchanales d'Enfants, d'apr. M. Franceschini. Quatre pièces. Belles épreuves.

9. Cartes de concerts — Carte de Dîner — Carte d'entrée au Museum, 1772. Dix-sept pièces. Très belles épreuves.

10. Sujets divers, 10 pl. d'apr. Le Guerchin, Cipriani, Smirk, etc. Belles épreuves.

BAUDOUIN (d'apr. P. A.)

11. Les Amants surpris — Les Amours champêtres, 2 pl. par Valette, se faisant pendants. Belles épreuves.

12. L'Amour frivole, par Beauvarlet. Belle épreuve de tirage postérieur.

13. Le Confessionnal, par Moitte. Très belle épreuve.

BAVIÈRE (Marie-Anne, Électrice de)

14. Son Portrait, par E. Verhelst — Frontispice et paysages divers, 11 pl. Très belles épreuves. Rares.

BENARD et AUBRY (d'après)

15. Plaisirs champêtres, 3 pl. par Baquoy et St Non — Correction Maternelle, par De Longueil (tirage postérieur), soit 4 pl. Très belles épreuves.

BENAZECH (d'après C.)

16. La Séparation de Louis Seize de sa Famille — Louis XVI avec son Confesseur... un instant avant sa mort. Deux pl. par A. Cardon. Très belles épreuves.

BERGHEM (N.) — BOTH (J.)

17. Animaux — Paysages, 22 pl. Belles épreuves.

18. Le Midi — Le Soir — Le Passage du bac — L'Occupation de la Bergère, 4 pl. par Le Bas et Laurent. Très belles épreuves.

BERNARD (L.)

19. Louis le Grand. Manière-noire. Très belle épreuve. Rare.

BLANCHARD (d'après J.)

20. Angélique et Médor, par Voyez l'aîné. Deux belles épreuves, une *avant la lettre*.

BLÉRY (Eugène) — CALAME (A.)

21. Paysages divers et Plantes, 86 pl. Très belles épreuves.

BOISSIEU (J. J. de)

22. Boissieu (J. J. de), par lui-même — Sujets divers et Paysages, 41 pl. de tirage postérieur.

BOIZOT (d'après)

23. Allégorie relative au Mariage du Cte de Provence, par Le Vasseur. Très belle épreuve, *avant la lettre*.

BOSSE (A.) — CALLOT (J.)

24. Sujets et Vignettes diverses, 28 planches.

BOUCHER (François)

25. La Blanchisseuse — Les petits Buveurs de lait — Les Fleuristes, etc. Six pièces. Belles épreuves.

BOUCHER (d'après François)

26. Boucher (F.), par Gautier-Dagoty, Carmona et Bosse, 4 pl. (une *avant la lettre*).

27. Allégorie relative à Louis XV. Deux très belles épreuves, *avant toute lettre* (une à *l'état d'eau-forte*).

28. L'Amour désarmé, par Fessard. Belle épreuve.

29. L'Amour instruit par Mercure — Vénus donnant du nectar à l'Amour. Deux pl. par Basan, se faisant pendants. Très belles épreuves.

30. La Voluptueuse — La Dormeuse. Deux pl. par Poletnich et Michel, se faisant pendants. Belles épreuves.

31. *Ne cessons de craindre une belle — Votre accord n'a rien qui m'étonne...* — Le Trait dangereux — Les Douceurs de l'Eté. Quatre pl. par Aubert, Aveline, Poletnich et Moitte. Belles épreuves.

32. La Mort d'Adonis, par C. Le Vasseur — Neptune et Amymone, par Danzel — Le Repos de la Volupté, par J. B. Michel. Trois pièces. Très belles épreuves.

33. Mademoiselle de *** en habit d'Été — Le Sommeil — Le Réveil — Etudes de Femmes. Cinq pl. par Michel, Huquier et Fessard. Très belles épreuves.

34. Les Amants surpris — La Confidence — Le Billet doux — La Rêveuse — L'Obéissance récompensée — Vénus et les Amours, 6 pl. par Gaillard, Miger et Beauvarlet (5 de tirage postérieur).

35. *Ne cessons de craindre une belle...* — La Poste secrète des Amoureux — Le Miroir — La Maîtresse d'école — Le Pêcheur — L'Enfant Berger, etc., 7 pl. par Aubert, Duflos, Le Prince, St Non, etc. Très belles épreuves.

36. La Marchande d'œufs — La Vendange — La Bonne Mère — La petite Maîtresse d'Ecole, etc., 8 pl. par Parizeau, Ingram et De Fehrt. Très belles épreuves.

37. L'Amour sur les Eaux — Le Sommeil de l'Amour — Ninette — Le Départ et le Retour du Courrier — Les Grâces naturelles, etc., 8 pl. par Le Vasseur, Michel, Mlle Brenet, Henriquez, etc. Très belles épreuves.

38. L'Heureux Age — La Toilette pastorale — Diane et Actéon — Vénus et Enée — La Naissance d'Adonis — La Peinture — Les Enfants du Fermier — La Vie champêtre. Huit pl. par Ravenet, P. F. Courtois, Mme Lépicié, etc. Belles épreuves.

39. Vénus se préparant pour le Jugement de Pâris, par de Lorraine — Quos Ego, par Tilliard — La Fontaine, par Pelletier — L'Automne, par Duflos — La Caravane — L'Amour est un dieu sans conduite — Boucher, par Carmona et Bosse. Huit pl. Belles épreuves.

40. Départ de Jacob — La Nativité — La Lumière du Monde — Vénus et Enée — Corps de garde — Paysages. etc., 14 pl. par Mme Lempereur, Huquier, Fessard, Courtois, etc. Belles épreuves.

41. Sujets gracieux, 11 pl. par La Live de Jully, Huquier, Thiers, etc. Très belles épreuves.

41 *bis*. Groupes d'Enfants. Trente pièces par Aveline, La Rue et Huquier. Très belles épreuves.

42. Sujets et Pastorales, 10 pl. par Huquier. Belles épreuves.

43. Recueil de diverses Figures Chinoises, titre — Figures chinoises, par Houel, Ingram, Huquier et Aveline, 13 pl. Très belles épreuves.

44. Livres des Arts, suite de 6 pl. par La Rue — Sujets d'Enfants, 12 pl. Ensemble 18 pièces. Très belles épreuves.

45. Sujets divers et Paysages, d'apr. Corot, Watteau, de Curzon, Rubens, Cuyp, etc. 20 pl. Très belles épreuves (plusieurs *avant la lettre*).

46. Sujets divers, 22 pl. par Duflos, Aveline, Huquier, etc. Belles épreuves.

47. Ire et IIe vues de Beauvais, 2 pl. par Le Bas, se faisant pendants. Très belles épreuves.

48. Moulin près de Chatou — Abreuvoir d'oiseaux — La Ferme — L'Agréable solitude — Le Pescheur amoureux — Le Berger Napolitain. Six pl. par Basan, Chedel, Chenu, Benazech et Daullé. Très belles épreuves.

49. Ire et IIe vues de Charenton — Ire et IIe vues des Environs de Charenton — Vues d'après, Nature, n°s 1, 1 *bis*, 2 — Vue du Pont des Lavandières dans le Clos Payen — Vue d'une Tour, près Blois. Neuf pl. par Le Bas, Moitte, Basan et Chedel. Très belles épreuves.

50. Paysages, 19 pl. par Ryland, Laurent, Reclam, La Live de Jully. Belles épreuves.

51. Sujets divers, 23 pl. par Huquier, Jeaurat, Eberts, Le Prince, etc. Belles épreuves.

BRACQUEMOND (Félix)

52. Gorge dans les rochers, d'apr. J. Laurens (246) — Le Miroir, d'apr. Chaplin 1re (très rare) et 2e pl. (259-260) — La Source, d'apr. Ingres (275). Quatre pl. Très belles épreuves.

53. Sujets divers et Paysages, 16 pl. Belles épreuves.

54. Sujets divers, vignettes, portraits. Seize pièces.

BROWN (John Lewis)

55. Sujets divers. Dix pièces. Très belles épreuves.

CALLOT (J.)

56. La Vie de l'Enfant prodigue (53-63). Suite complète de 11 pl. Très belles épreuves, *avant les n^os^*.

57. Les petites Misères de la guerre (557-563). Suite complète de 7 pl. Très belles épreuves.

CANALETTO (Ant.)

58. Ale Porte del Dolo (5). Très belle épreuve du 1er état.

59. Vue sur la rivière Brenta (9). Très belle épreuve du 1er état.

60. Vue panoramique d'une Ville (11). Très belle épreuve du 1er état.

61. La Terrasse (21). Très belle épreuve.

62. La Villa au-delà d'une rivière (23) — Les trois Colonnes et la Statue au bord de la mer (27). Deux pièces. Très belles épreuves.

CANALETTO (A. et B.) — TIEPOLO (G. B.)

63. Titre des Vues de Venise — Paysages, par Bellotto, dit Canaletto — Fuite en Egypte. Sept pièces. Belles épreuves.

CARESME (d'après Ph.)

64. La Joyeuse orgie, par Hemery — L'Espagnolette, par Flipart. Deux pl. Belles épreuves.

CARMONTELLE (d'apr. L. C. de)

65. Mlles Allard et Dauberval dansant un pas de deux, par J. B. Tilliard. Belle épreuve.

66. La Malheureuse Famille Calas, par Delafosse. Très belle épreuve.

CARRIERA (d'après Rosalba)

67. Les Saisons. Suite de 4 pl. par De Fehrt. Belles épreuves.

CERONI (L.)

68. Mme de Sévigné — Mme de la Suze — Mlle de La Vallière — Dsse de Montpensier — Louis XIV. Cinq p. *avt l. l.*

CHARDIN (d'après J. B. S.)

69. L'Aveugle, par Surugue fils — Le Souffleur, par Lépicié. Deux pièces. Belles épreuves.

70. L'Ecureuse (16) — Les Osselets (59 *bis*). Deux pl. par Cochin et Fillœul. Bonnes épreuves.

N° 58 du Catalogue.

CHANTREAU — CHEDEL

71. Distribution de fourrage à sec — Rue d'un Camp, par Le Bas — Evénements militaires, fantaisies, etc. Ensemble 10 pièces. Belles épreuves.

CHIFFLART (F.)

72. Improvisations sur cuivre — Sujets divers. 58 pl. Très belles épreuves.

CHODOWIECKI (D.)

73. Victoire remportée sur les Turcs le 1er Août 1770, par l'Armée Russe. Très belle épreuve.

CHOFFARD (P. P.)

74. Diplôme des Francs-Maçons de Bordeaux, d'apr. Boucher (P. et B. 190). Très belle épreuve, *avant la lettre*.

CIPRIANI (d'apr. G. B.)

75. Sujets gracieux et divers, 8 pl. par Bartolozzi, Ridé et Suntach. Belles épreuves.

COCHIN FILS (C. N.)

76. Les Chats angola de Mme du Deffant. Très belle épreuve. Rare.

77. La Fontaine enchantée de la vérité d'Amour, par St Aubin et Macret, 2 épr. (une à *l'état d'eau-forte*) — Solennité des Mariages, par J. Tardieu — Cartouche du Plan général de la Ville de Reims, par Massard. Quatre pl. Belles épreuves.

78. Jeaurat (E.), par Martenasie — Chardin (S.), par Rousseau — Chardin (Mme), par L. Cars — Dumont, par St Aubin — Sujets religieux et frontispices. Dix-huit pl. Belles épreuves.

COPIA (L.)

79. L'Amour couronné — Le Geova des Français — Le Cauchemar de l'Aristocratie, etc., 10 pl. Belles épreuves (plusieurs *avant la lettre*).

COROT (J. B. C.)

80. Souvenir d'Italie (5). Epreuve avec cache-lettre.

COSTUMES

81. Cris de Paris, par Poisson — La Frileuse, par Schenker, d'apr. Vernet — La Blanchisseuse, par de Haller, etc., 15 pl. Belles épreuves.

COYPEL (les)

82. La Jeunesse sous les habillements de la Décrépitude — La Folie pare la Décrépitude des ajustemens de la Jeunesse. Deux pl. par Mme Lepicié et Surugue, se faisant pendants. Très belles épreuves.

83. L'Amour et Psyché — Vertumne et Pomone — Pyrame et Thisbé — Disguise. 4 pl. par Vermeulen, B. Audran, Desplaces, etc. Belles épreuves.

84. Le Négligé galant — L'Amour précepteur — *Entre deux mouvements... — Ce Dépit n'est point redoutable... — Qui que tu sois...* Cinq pl. par Carmona, Caylus, Lépicié, Surugue et Daullé. Belles épreuves.

85. Le Triomphe de Galathée — Le Triomphe de Vénus — Coypel et son Fils, 5 pl. par Duflos, Simonneau, Duchange. Belles épreuves.

86. Jeunes Beautés, 2 états — L'Amour et Zéphire — Philis — Le Négligé galant — Apollon et Diane, 13 pl. par Beaumont, Audran, Surugue, Carmona, etc. Belles épreuves.

DANIELL (T.)

87. Vues de l'Inde, 3 pl. in-fol. *coloriées.*

DAUBIGNY (C. F.)

88. Le Nid de l'Aigle, forêt de Fontainebleau (43). Belle épreuve du 1er état, *avant la lettre.*

89. Le Marais (aux cigognes) (77). Très belle et rare épreuve du 1er état, *avant toute adresse.*

90. Le Gué (108). Très belle épreuve du 1er état.

91. Paysages. Trente-trois pièces. Belles épreuves.

DAULLÉ (J.)

92. Les Amusemens de la Campagne — La Musique Pastorale. Deux pl. d'apr. F. Boucher, se faisant pendants. Belles épreuves (une doublée).

DEBUCOURT (P. L.)

93. Les Premiers pas de Paul et Virginie — La Main chaude, par Rhoemild — Les Voisines laborieuses, par A. Moitte. Trois pièces. Belles épreuves.

DEMARTEAU (G.) — JANINET (F.) — BONNET, etc.

94. Études diverses, d'apr. Huet et Le Clerc — Satyre, d'apr. Boucher, 21 pl. tirées en sanguine. Belles épreuves.

DENON (D. V.)

95. Mme Vigée-Lebrun. Très belle épreuve *avant toute lettre*.

DESFRICHES (A. Th.)

96. Vues et Paysages, 29 pl. Très belles épreuves.

DETAILLE (Edouard)

97. Planche de croquis aux Muscadins — Un Uhlan. Deux pièces. Très belles épreuves.

DIETRICY (Ch. W. E.)

98. Sujets divers et Paysages, 13 pl. Très belles épreuves (3 par Zing et Basan).

DIVERS

99. Bethsabée au bain — L'Amour désarmé — Bélisaire — Jupiter et Antiope — L'Amour et Psyché — Vénus blessée, etc., 7 pl. par Benoist, Guérin, Desnoyers, Audouin, etc. Belles épreuves (3 *avant la lettre*).

100. Sujets divers et Paysages, 11 pl. d'apr. Poussin, Rembrandt, Rubens, Potter, S. Rosa, etc. Belles épreuves.

101. Sujets mythologiques, Allégories, Paysages, 13 pl. d'après le Dominiquin, le Corrège, Breugel, C. Maratte, P. Mignard, etc. Belles épreuves.

102. Sujets divers et Paysages, 15 pl. in-fol. par Strange, S. Le Clerc, Le Bas, Richomme, etc.

103. Sujets divers, 16 pl. d'apr. Kraus, Tillborg, Franceschini, Borel, etc. Belles épreuves (5 *avant la lettre*).

104. Sujets gracieux et scènes diverses, 17 pl. d'après Rombouts, Rothenhamer, Rubens, G. René, Boonen, Murillo, etc. Belles épreuves (3 *avant la lettre*).

105. Sujets divers, Paysages, vues, frontispices, 24 pl. par Choffard, Vien, Martinet, etc. Belles épreuves.

106. Animaux, 29 pl. par Riedel, C. Galle, Dunker, etc.

107. Paysages, 42 pl. par Trière, Primavesi, Germain, etc. Belles épreuves.

108. Sujets divers, Portraits, Paysages, 43 pl.

109. Sujets divers. Vues et Paysages, Portraits, Jeux, 43 pl. Belles épreuves.

110. Sujets divers, Paysages, Animaux, 44 pièces.

111. Sujets divers et Paysages, 56 pièces.

112. Paysages, 57 pl. par Théodore, Milatz, Le Sueur, etc. Belles épreuves.

113. Sujets divers et Paysages, 91 pl. Belles épreuves.

114. Sujets divers, Portraits, Paysages, 103 pièces.

115. Galeries de Tableaux : Choiseul, Lebrun, Poullain, etc. Réunion de 315 planches, un certain nombre *avant la lettre*. Très belles épreuves.

DREVET (P. I.)

116. Orléans (Elisabeth de Bavière, D^{ss} d'), d'après H. Rigaud (17). Belle épreuve.

DU JARDIN — CABEL — GENOELS

116 *bis*. — Paysages et Animaux, 32 pl. Belles épreuves.

DUMESNIL et DESCAMPS (d'après)

117. Le Traitant — Le Prêtre du Catéchisme — La Dame de Charité — L'Enfant puni, 4 pl. par Lucas, Claire Tournay et Feigl. Très belles épreuves (une *avant la lettre*).

DUSART (Cornelis)

118. Le Chirurgien de village (D. 13) — La Ventouse (12) — La Fête du Village (16) — Septembre (28) Novembre (30). Cinq pièces. Très belles épreuves.

DYCK (Ant. van)

119. Le Christ au roseau — Blois (Jeanne de) — Uden (L. van) — Rombouts (Th.) — Crayer (G. de) — Sachtleven (C.) — Orléans (G. d'). Sept pl. par A. van Dyck, Pontius, Vorsterman, etc.

EAUX-FORTES MODERNES

120. Sujets divers et Paysages, 43 pl. par Daubigny, H. Allemand, Chaplin, Chauvel, etc. Belles épreuves.

121. Sujets divers et Paysages, 68 pl. par Mme O'Connell, L. Marvy, Masson, Edm. Morin, etc. Belles épreuves.

122. Sujets divers et Paysages, 90 pl. par Roybet, Veyrassat, Taiée, etc. Belles épreuves.

123. Sujets divers et Paysages, 98 pl. par J. Laurens, Chaigneau, Ballin, Storm de Gravesande, etc. Très belles épreuves.

N° 69 du Catalogue

ECOLES ANCIENNES

124. Sujets divers, 19 pl. par Bry, Delaulne et Solis. Belles épreuves.

125. Sujets divers et Paysages, 31 pl. par Ghisi, La Hyre, Le Pautre, etc. Belles épreuves.

126. Sujets divers et Paysages, 31 pl. par Castiglione, G. Dughet, A. Collaert, etc. Belles épreuves.

127. Sujets divers et Paysages, 36 pl. d'après Moyaert, Ostade, Le Brun, Tillborgh, etc. Belles épreuves.

128. Sujets religieux et divers, 44 pl. par Wierix, Galle, etc. Belles épreuves.

129. Sujets divers, 46 pl. par Collaert, Sadeler, M. Merion, etc. Belles épreuves.

130. Sujets divers et Paysages, 65 pl. par Biscaino, Brebiette, della Bella, etc. Belles épreuves.

131. Sujets divers et Paysages, par Sadeler, Visscher, Isselberg, etc. Belles épreuves.

ÉCOLES FRANÇAISE et ANGLAISE

132. Les Enfants de Pomone — Les Disciples de Flore — L'Après-Midi des Prés-Saint-Gervais — La Jeune Nourrice — Le Bénédicité — La Leçon ennuyeuse, etc. Sept pl. d'apr. Bounieu, Corbet, D. Bertaux et Caresme. Belles épreuves.

133. L'Automne — L'Hiver — Ce Causeur, près d'Iris... — Qu'une Fille est capricieuse — Qu'elle a de grâce — Amusement espagnol, etc. 8 pl. par Chasteau et Poilly, d'apr. Raoux, Tournière, Boullongne, Largillierre. Très belles épreuves.

134. Le Retour de la Consultation — Le Sultan — La Sultane — Le Messager d'amour, etc. 8 pl. d'ap. Aubry, Boucher, Colson, Bounieu, Belles épreuves (une *avant la lettre*).

135. L'Amour aiguisant ses traits — La Canonnière cassée — La Poupée et le Volant — La Becquée — La Jeune Aubergiste, etc., 8 pl. d'apr. Cazes, Hallé, Dumenil et autres. Très belles épreuves.

136. La Bergère couronnée — L'Enfance — Tant mieux !.., etc., 10 pl. d'apr. Boucher, Lancret, Loutherbourg, Danloux, etc. Belles épreuves (une *avant la lettre*).

137. Sujets gracieux, 10 pl. d'apr. Touzé, Mettay, Nattier, Vanloo, etc. Belles épreuves.

138. La Marmote — La Lanterne magique — Come la trovate — Le Couché à l'Italienne — La Coquette mécontente — La Garde fidèle, etc. 10 pl. d'apr. Delyen, Sicardi, Vanloo, etc. Très belles épreuves.

139. Bacchante — La Jarretière — L'Horoscope, etc., 10 pl. par ou d'après Amand, Baudouin, La Belle, etc. Belles épreuves.

140. Sujets divers, 10 pl. Belles épreuves.

141. Petits sujets, 11 pl. par Saint-Aubin, Stoelzel, etc. Belles épreuves, plusieurs *avant la lettre*.

142. L'Hiver — L'Enfance — L'Age viril — L'Amour indiscret — Peace — Achille et Desdemone, etc., 11 pl. d'après Tournières, Cochin, Lallemand, Vleughels, etc. Belles épreuves (une *avant la lettre*).

143. Sujets gracieux, 11 pl. d'apr. Pater, Boucher, Raoux, Schenau, etc., la plupart en belles épreuves. (3 *avant la lettre*).

144. L'Amour paisible, par de Favannes, d'après Watteau — Le Réveil, par Levesque, d'après Boucher (remmargée) — Mes Gens..., frontispice par St-Aubin, etc. — Vice, Vertu, par Laurent, d'apr. Debarre — La Fidélité surveillant, par Hemery, d'apr. Deshayes — Le Voleur adroit, par Patour, etc., 12 pl. Belles épreuves.

145. La Fidélité — L'Enfantillage — La Joyeuse Bacchante — Les Désirs — La Jouissance, etc., 12 pl. d'apr. Lagrenée, Eisen, Le Sueur, Vallin. Belles épreuves (2 *avant la lettre*).

146. Climène essayant les flèches de l'Amour — Les petits Éveillés — La Pensée de l'Amour nonchalant, etc., 12 pl. d'apr. Nonnotte, Queverdo, Lunaud et autres. Belles épreuves (une *avant la lettre*).

147. L'Amour lançant une Flèche — La Flore de l'Opéra — La Douceur — Diane — Le Chant, etc., 14 pl. d'apr. Queverdo, Roslin, Wolff, Nattier, Lagrenée, etc. Belles épreuves.

148. Sujets gracieux, 15 pl. d'apr. Huet, Borel, Oudry, Eisen, etc. Belles épreuves.

149. L'Ate d'Humanité — Sylvie délivrée par Aminte — Fondation pour marier dix filles — Sujets gracieux, etc., 15 pl. par ou d'après Bartolozzi, Gravelot, Pernet, Rowlandson, etc.

150. Sujets gracieux, allégories, 16 pl. par Copia, Herbran, Ridé, etc. Belles épreuves.

151. L'Offrande ingénue — Pygmalion — Le Printemps — L'Amour volage — L'Amour quêteur — L'Amour simple — Le Peintre amoureux de son modèle, etc., 16 pl. d'apr. Vien, N. Le Sueur, la Rosalba, Chevallier, Briard, etc. Belles épreuves.

152. Petits sujets, 16 pl. par divers artistes. Belles épreuves.

153. Sujets gracieux et mythologiques, 17 pl. d'apr. La Fosse, Vleugels, St Quentin. Parrocel, etc. Belles épreuves.

154. Sujets gracieux — Scènes mythologiques, 20 pl. d'apr. Eisen, Dumont le Romain, Desormeaux, Le Clerc, etc. Belles épreuves.

155. Sujets divers, 28 pl. par Parizeau, Lagrenée, Gillot, Tanche, etc. Belles épreuves.

156. Paysages, vues et Marines, 38 pl. par divers artistes, plusieurs *avant la lettre.*

157. Sujets divers et Paysages, 78 pl. d'apr. les maîtres (Cabinets Choiseul, Poullain, Le Brun). Belles épreuves, en partie *avant la lettre* ou à *l'état d'eau-forte.*

EDWARDS (Edwin)

158. Paysages, 15 pl. Très belles épreuves.

159. Paysages, 56 pièces. Très belles épreuves sur japon.

EISEN (d'après F.)

160. Le Beau Commissaire, par Halbou — Le Paysan solliciteur, par Macret — Le Lunetier, par Dupuis. Trois pièces. Belles épreuves.

EISEN (d'après Ch.)

161. Concert Méchanique Inventé par R. Richard, par De Longueil. Très belle épreuve, *avec* le lustre.

162. La Belle Fermière — La Jolie Nourrice. Deux pl. par De Longueil, se faisant pendants. Belles épreuves.

163. Les Vivandières — Bacchanale — Le Lever des Enfans — La Dame de Charité — Diane et Endymion — Henri IV et Gabrielle, 6 pl. par Tardieu, Basan, etc. Belles épreuves.

EVERDINGEN (A. van)

164. Paysages — Fables, 24 pl. Belles épreuves.

FOCK (H.) — FOKKE (S.) — DEMARNE

165. Paysages — Scènes diverses, 47 pl. et un *dessin à la sépia* par Fokke.

FRAGONARD (d'après H.)

166. L'Amour Ingénieux — Télémaque et Eucharis, 2 pl. par Furcy Legrand, se faisant pendants. Très belles épreuves, *tirées en bistre* et coloriées.

167. Les mêmes estampes, par F. Legrand et Watelet. Trois pl. Belles épreuves (*une tirée en 2 tons*).

168. La Cachette découverte, par R. De Launay. Belle épreuve.

169. Dites donc, s'il vous plait — L'Heureuse Fécondité — Le Petit Prédicateur. Trois pl. par N. De Launay. Epreuves de tirage postérieur.

170. Le Verrou, par Blot. Belle épreuve, *avant la dédicace* (remmargée et doublée).

171. Sujets religieux et mythologiques — Paysages. Trente pièces par A. de St Aubin, Saint-Non. Belles épreuves.

FREUDEBERG (d'après S.)

172. Les Époux curieux — L'Horoscope accomplie. Deux pl. par Ponce, se faisant pendants. Belles épreuves.

173. Le Galant chirurgien, par Trière. Belle épreuve

174. Les Différens gouts — La Chute inévitable. Deux pl. par De Launay, se faisants pendants. Belles épreuves.

GAILLARD (C. F.)

175. Louise-Ulrique, Reine de Suède, d'apr. Latainville. Très belle épreuve.

GESSNER — KOBELL — KOLBE

176. Gessner (S.), par St Aubin et Ingouf — Kobell, par Schlotterbech — Sujets et Paysages, 53 pièces. Très belles épreuves.

N° 89 du Catalogue

N° 90 du Catalogue

GODEFROY (F.)

177. Planches relatives à la Guerre d'Amérique, 4 pl. (une à *l'état d'eau-forte*).

GOLTZIUS (H.)

178. Sujets religieux et mythologiques, figures allégoriques, 13 pl. Belles épreuves.

GONCOURT (Jules de)

178 *bis*. Sujets divers, 15 pl. d'apr. Boucher, Greuze, Gavarni, etc. Très belles épreuves.

GOUDT (Henri, comte de)

179. L'Ange accompagnant Tobie — Jupiter et Mercure chez Philémon et Baucis — Cérès changeant Stellion en lézard — L'Aurore, 1er état. Quatre pl. d'apr. A. Elsheimer. Très belles épreuves.

GREUZE (d'après J. B.)

180. La Dame bienfaisante, par Massard. Très belle épreuve, *avant toute lettre*.

181. Greuze (J. B.), par Flipart — L'Ermite, par Marais, avt l. l. — La Mère en courroux — Le Repentir. Deux pl. par Moitte. Quatre pl. Belles épreuves.

182. La petite Nanette — La Pelotonneuse — La petite Liseuse, etc., 4 pl. par Beljambe, Flipart, Mlle Ls Boizot. Belles épreuves, une *avant toute lettre*.

183. Paul — Virginie — L'Aveugle trompé — La Fille confuse, 5 pl. par Guttenberg, Ingouf, etc. Belles épreuves (une *avant la dédicace*).

184. La Musique — La Poésie — Le petit Boudeur — La petite Boudeuse — Le petit Néapolitain — Le petit Frère. Six pl. par Moitte, Guttenberg, Huber, Lucien et Ingouf. Belles épreuves.

185. La Voluptueuse — *La Vrai mere l'an 12* — La petite Sœur — Diane — Calisto — L'Attention — Artemise — Le Désir — Bacchante. Neuf pl. par Voyez, Hauer, Gaillard et Bourgeois de la Richardière. Très belles épreuves.

186. La bonne Éducation — La Paix du Ménage — La petite Néapolitaine — L'Accordée de village, etc. Neuf pl. par Moreau, Haïd, St Non, etc.

187. Têtes d'expressions, 29 pl. par Letellier, Anselin, Massard, etc. Belles épreuves.

GRIMOU (d'après J.)

188. Grimoux (J.), par A. Romanet — L'Espagnol — L'Espagnolette — Jeune Femme à la toque, par Blot, etc. Cinq pl. par F. Flipart, Adelaïde Boizot. Très belles épreuves.

HACKERT (d'après J. Ph.)

189. Ire et IIe vues de Caudebec — Restes de l'aqueduc à Fréjus — St Valéry — Le Naufrage. Six pl. par Le Gouaz, G. Hackert, Aliamet, Dunker et Jeanne Ozanne. Très belles épreuves (une *avant la lettre*).

HOLLAR (W.)

190. Cinq Manchons — Coquillage — Portraits, Paysages, Animaux, 33 pl. Belles épreuves.

HOUBRAKEN

191. Burmann (J.) — Houthoff (C.) — H[me] van Pee — Louis XV — Verkolje (N.), etc. Dix pl. Très belles épreuves.

HOUEL (J. P. L.)

192. Houel, par Mme Lingée — Paysages divers, 19 pl. Belles épreuves.

HUE (d'après F.)

193. Vue perspective de la ville de Rouen, par F. Godefroy. Très belle épreuve, *avant la dédicace*.

HUET (J. B.)

194. Pastorales, animaux, paysages, 39 pièces.

HUET (d'après C.)

195. La Fidélité, portrait d'Ines — La Constance, portrait de Mimi — Chien en arrest — La Garde fidelle, etc. Six pl. par Fessard, St Aubin, Guélard, Hemerick et Beauvarlet. Belles épreuves.

HUET (Paul)

196. Paysages, 10 pl. par et d'après Huet.

HUTIN (Ch. et F.) — RESTOUT (J.)

197. Les Œuvres de Miséricorde — Le Dessinateur — Frontispice — Paysage — St Bruno — La Ménagère saxone, par Camerata, 2 états, 13 pl. Très belles épreuves.

JACQUE (Charles)

198. Scènes rustiques, paysages et animaux, 50 pl. Très belles épreuves, plusieurs *avant la lettre*.

JACQUEMART (J.)

199. Collection d'Armes de M. de Nieuwerkerque, 1869 (185-196). Suite complète de 12 pl. Très belles épreuves.

200. Objets d'art — Composition de Fleurs — Sujets divers, 37 pl. Très belles épreuves, plusieurs *avant la lettre*.

JAZET (J. P. M.)

201. L'Utile et l'Agréable — Le Vol découvert. Deux pl. (*une coloriée*).

JEAURAT (d'après Et.)

202. La Servante congédiée — Le Remède — L'Opérateur barri — Les Savoyards. Quatre pl. par Baléchou, Beauvarlet et Aliamet. Belles épreuves.

203. La Coquette — La Belle Rêveuse — La petite Jalouse — Le jeune Symphoniste, 4 pl. par M. Aubert, Gaillard et Sornique. Belles épreuves.

204. Naissance de Vénus — Diane au bain — La Muse Uranée — Hercule et Omphale — L'Amour de la Chasse — Tour d'Ecolier — Les Caresses réciproques. Sept pl. par Daullé, Fessard, Dupin, Aubert, Surugue, etc. Très belles épreuves.

205. L'Homme économe — La Ménagère — Le Savant — La Savante — Le Dévot — La Dévote — Le petit Maître — La Coquette. Huit pl. Très belles épreuves.

JEAURAT et LE CLERC (d'après)

206. Fables de la Fontaine. Onze pl. par Jeaurat et Aubert. Belles épreuves (une *avant la lettre*).

JEUX

207. Jeux d'Enfants, 32 pl. Belles épreuves.

JONGKIND (J. B.)

208. Démolition de la rue des Francs-Bourgeois Saint-Marcel (18). Très belle épreuve du 2me état, *avant la lettre*.

JUBIER

209. Vue de la Nerwa, d'après Michelle. Bonne épreuve, *tirée en plusieurs tons*.

LAGRENÉE (d'après L. J. F.)

210. Bacchus et Ariane — Tancrède secouru par Herminie, 2 pl. par Beauvarlet, se faisant pendants. Très belles épreuves, *avant toute lettre* (une en double avec *l. l.*).

211. Premier âge de l'Amour — Education de l'Amour — Punition de l'Amour. Suite de 4 pl. par Bouilliard. Très belles épreuves.

N° 170 du Catalogue

LALLEMAND (d'après J. B.)

212. Paysages avec ruines. Cinq pl. par D. Née et N. de Launay. Belles épreuves (3 *avant la lettre*).

LA LIVE DE JULLY (A. L. de)

213. Mausolée de la P^{sse} de Condé, d'après Vassé — *Fidèle à ma maîtresse....* — *Amor et gratitudo*, d'après Boucher — Les Eléments, frontispice. Quatre pl. Très belles épreuves.

LANCRET (d'après N.)

214. Les Gentilles Baigneuses, par Moitte. Belle épreuve.

LA TOUR (d'après M. Q. de)

215. Solange Boissière (Marie de la Fontaine), par Petit. Deux très belles épreuves.

LAUNAY (N. de)

216. Marche de Silène, d'après Rubens, deux belles épreuves (une *avant la dédicace*).

217. La Chûte dangereuse, d'après F. Meyer. Deux belles épreuves (une *à l'état d'eau-forte*).

LE BARBIER aîné (d'après)

218. Le Paradis terrestre — L'Age d'or. Deux pl. par Janinet et Léveillé, se faisant pendants, *impr. en couleurs*. On y a joint un double, soit 3 pièces.

LE BARBIER et FAUVEL (d'après)

219. Couronnement de La Fontaine par Esope — Réception de Voltaire par Henri Quatre, 2 pl. par Macret et Guttenberg, se faisant pendants. Très belles épreuves, la 1re en double état *avant la lettre*, soit trois pièces.

LE BAS (J. Ph.)

220. La Marchande de Baignets — Pierrot et sa progéniture — Le Négociant d'apr. Descamps — Seconde vue de Beauvais d'apr. Boucher — Scènes champêtres, 10 pl. Belles épreuves.

LE BRUN (L.) — MARILLIER C. P.)

221. L'Ecole de l'Amour, par Chatelain — La Sollicitation amoureuse, par Le Beau — Les Regrets inutiles — La Vertu surprise, par Mme Chevery. Quatre pièces. Belles épreuves.

LE CLERC (d'après L.)

222. La Partie de Bain interrompue — Ah ! du moins épargnez mes ailes. Deux pl. par De Monchy et Mme Deny, se faisant pendants. Belles épreuves.

223. L'Abbé en conqueste — L'Hermite en queste. Deux pl. se faisant pendants. Très belles épreuves.

LE CLERC (Sébastien)

224. Scènes historiques, Sujets divers, Paysages, 58 pl. Belles épreuves.

225. Les Mathématiques — La Peinture — L'Histoire — Le Dessein — La Géographie — La Musique — La Danse. Sept pl. par Jeaurat. Très belles épreuves.

LECOMTE (Hippolyte)

226. Bal de Société, 1819. Très belle épreuve, *coloriée.*

LEGOUX — GAUCHER

227. Dauberval (Théodore et Jean), 2 petites pl. d'après Le Fèvre — Cervantès, par Gaucher, *avant l. l.*

LEGRAND (Augustin)

228. La Prière — Le Bonjour. Deux pl. d'après Miss Couyers, se faisant pendants. Très belles épreuves.

LEGROS (Alph.)

229. Le Lutrin. Très belle épreuve, *avant la lettre.*

LE MOYNE (d'après François)

230. Adam et Ève — Hercule et Omphale — Persée et Andromède — Enlèvement d'Orythie. Six pl. par L. Cars. Très belles épreuves, une *à l'état d'eau-forte.*

231. Ubalde au séjour d'Armide, par N. Sylvestre — Diane et ses Nymphes, par L. Garreau.

LEMPEREUR (L. S.)

232. Sylvie fuit le Loup qu'elle a blessé — Sylvie guérit Philis — L'Amour ranime Aminte dans les bras de Sylvie. Trois pl. d'après F. Boucher. Belles épreuves.

LÉPICIÉ (d'après N. B.)

233. Narcisse, par Le Vasseur, 2 épr. (une *avant toute lettre*). — Le Jeu de Piquet, par B. Lépicié, d'apr. Netscher. Trois pl.

LE PRINCE — LA RUE — PARIZEAU

234. Les Modèles, par De Longueil — Les Bergers Russes, par Tilliard — Bacchanales — Scènes d'Enfants, 8 pl. Belles épreuves.

LESPINASSE (d'après)

235. Vues de Versailles et de Trianon, 19 pl. par Née et Masquelier. Très belles épreuves (5 *à l'état d'eau-forte* et 5 *avant la lettre*).

LEU (Thomas de)

236. Arlensis (P.) (301) — Nevers (Duc de) (469). Deux pl. Belles épreuves.

LEVILLY (J. P.)

237 La Musique — L'Enlèvement. Deux pièces. Très belles épreuves.

LITHOGRAPHIES

238. Sujets divers et Paysages, 31 pl. par Hersent, E. Isabey, Dupré, Johannot, etc. Belles épreuves.

N° 233 du Catalogue

LOUIS XVI et MARIE-ANTOINETTE (Est. rel. à)

239. Marie-Antoinette, 4 pièces par Mlle Boizot, Gabrielli, etc. Belles épreuves *(une coloriée)*.

240. Avènement de Louis XVI et de Marie-Antoinette, par Patas — Henri IV à Louis XVI, par Louise Massard - Portraits, etc. Neuf pl. Belles épreuves (une *avant la lettre*).

LOUTHERBOURG (P. J. de)

241. Costumes — Les Heures du Jour — Vue de Mondragon — Paysages, etc., 26 pl. Belles épreuves.

MANET (Ed.)

242. Les petits Cavaliers, d'après Velasquez, *avec l'adresse* (5) — Olympia (17). Deux pièces. Très belles épreuves.

MANIÈRES-NOIRES

243. Sujets religieux et Mythologiques — Scènes de genre, etc. 9 pl. par I. Smith, Sarrabat, V. Green, Gole, etc. Belles épreuves.

MARCENAY de GHUY (A. de)

244. Portraits, Sujets divers et Paysages, 29 pl. Très belles épreuves, plusieurs *avant la lettre.*

MARCHAND (J.) — VARIN (C. N.)

245. Les Amusemens espagnols — Les Approches de la Guinguette — La Danse de l'Ours — La Danse du Peccata — Les Soins rustiques — Occupations champêtres. Sept pièces. Belles épreuves.

MARILLIER (d'après C. P.)

246. *Nouveaux Trophées ou Cartouches représentant les Arts et les Sciences.* Suite de 12 pl. par Bovinet, Le Roy, Chalmandrier, etc. Belles épreuves.

MARTIN (d'après J.)

247. Le Paradis terrestre — Destruction de Babylone — Le Calvaire, etc., 8 pl. par J. Martin, Lucas, Roberts. Belles épreuves.

MARTINET (F. N.)

248. L'Amant craintif — Le Désir — La Cage — Le Rendez-vous — Le Choix, etc. Sept pièces. Belles épreuves.

249. Sujets gracieux. Neuf pièces. Très belles épreuves (une *avant la lettre*).

250. Sujets gracieux. Douze pièces. Belles épreuves.

MASSARD (J.)

251. La plus Belle des Mères, d'apr. Van Dyck. Deux épreuves, une *avant toute lettre*.

MASSON (Antoine)

252. Cureau de la Chambre (Marin), d'apr. P. Mignard (24). Belle épreuve du 1er état.

253. Guise (Marie de Lorraine, Dme de), d'apr. P. Mignard (32). Belle épreuve.

MAUPERCHE (H.) — LOIR — MOUCHERON

253 *bis*. Sujets religieux — Paysages, 29 pièces. Très belles épreuves.

MEISSONIER (d'après E.)

254. Le petit Liseur — Le Neveu de Rameau — Le Dessinateur — Le Liseur à la fenêtre, etc. Sept pl. par Rajon. Très belles épreuves, la plupart *avant la lettre* ou en épreuve *d'état*.

MERYON (Ch.)

255. L'Arche du Pont Notre-Dame (25). Très belle épreuve, *avant la lettre*.

256. La Tour de l'Horloge (28). Très belle épreuve, avec les rayons lumineux, et le no.

257. Le Pont Neuf (33). Très belle épreuve, *avec* la cheminée.

258. Ministère de la Marine (45). Deux très belles épreuves, une *avant la lettre*.

259. Partie de la Cité vers la fin du XVIIe siècle — L'Ancien Louvre — San Francisco — Marines, Animaux, Adresse de Rochoux, etc. Onze pl. Belles épreuves.

260. Les Armes de la ville de Paris (21) — La petite Pompe (32). Deux pièces. Belles épreuves.

261. Le Grand Châtelet — Tourelle rue de l'École de Médecine — Le Petit Pont. Trois pièces. Belles épreuves.

262. Voyage à la Nouvelle-Zélande (67 à 72, 74). Sept pièces. Belles épreuves.

263. C. Le Conte (77) — Boulay-Paty (78) — Bizeul (83) — Rébus — Meryon, d'apr. Flameng. Sept pl. Belles épreuves.

METZU (d'après G.)

264. La Ribotteuse hollandaise — La Peleuse de pommes. Deux pl. par J. Daullé, se faisant pendants (115 et 122). Très belles épreuves, *avant toute lettre*.

265. La Hollandaise à son clavecin — Le Déjeuné de la Hollandoise — La Ribotteuse hollandoise — La Chanson, par Gole. Quatre pl. par Adelaïde Boizot et Daullé. Très belles épreuves.

MEULEN (F. van der) — GENOELS (A.)

266. Scènes de Batailles et Paysages, 51 pl. Belles épreuves.

MICHELIN (Jules)

267. Paysages, 50 pl. Très belles épreuves (*plusieurs d'état, signées*).

MONNET et SAINT-QUENTIN (d'après)

268. Les Vœux du Peuple confirmés par la Religion, 2 états — Les Garants de la Félicité publique, 3 pl. par Née et Masquelier. Belles épreuves.

MONSIAU (d'après N.)

269. Vignettes pour la *Nouvelle Héloïse* et le *Voyage sentimental*, 11 pl. par Patas et Pauquet (une à *l'état d'eau-forte*, et 4 *avant la lettre*).

MOREAU L'AINÉ (Louis)

270. Paysages. Quatre pièces. Belles épreuves.

MOREAU LE JEUNE (J. M.)

271. La Malédiction paternelle — Le Fils puni — Fleurons et En-têtes, 14 pl. par Moreau le jeune, Malbeste, Le Veau et Lempereur, la plupart en très belles épreuves.

272. Le Gateau des Rois, par Le Mire — Couronnement de Voltaire, par Gaucher — Henri IV chez le Meunier, par Simonet, 3 pl. Belles épreuves.

MOREAU LE JEUNE (J. M.) — SERGENT (A. F.)

273. Cathédrale d'Orléans — Cathédrale de Chartres, 4 pl. Belles épreuves.

MORETH (d'après)

274. Amusement espagnol — Danse espagnole. Deux pl. par Jeanne Deny, se faisant pendants. Très belles épreuves.

MORGHEN (Raphaël)

275. Morghen (R.), par Palmérini — Charles IV, roi d'Espagne et sa Femme — Domenica Volpato Morghem — Mme Fulger, etc. Cinq pièces. Très belles épreuves.

MORIN (J.) — PLATE MONTAGNE (N. de)

276. Paysages — Vignettes religieuses, 24 pl. Très belles épreuves.

NAIWJINX (H.) — VER BOOM — SAFTLEVEN (H.)

277. Paysages, 10 pl. Belles épreuves.

NANTEUIL (Robert)

278. Le Vayer (La Mothe) (143), petit grattage — Neufville (F. de) (204-2e état) — Sarrazin (J. F.) (220). Trois pièces. Belles épreuves.

NATOIRE (d'après Ch.)

279. Léda — Vénus — Étude. Trois pl. par Pelletier et Fessard. Très belles épreuves.

280. Triomphe d'Amphitrite — Diane et Actéon — Amphitrite — Neptune et Amphitrite, 5 pl. par Moitte, Duflos, Gillberg, Desplaces et Fessard. Belles épreuves.

NIEL (Mlle Gabrielle)

281. Eaux-fortes sur le vieux Paris, 11 pl. Très belles épreuves (plusieurs *avant la lettre*).

ORNEMENTS

282. Petitot (E. A.). Suite de Vases, frontispice et 10 pl., par B. Bossi.

OSTADE (Adrien van)

283. Boulanger sonnant du cor (D. 7) — La Tendresse champêtre (11) — La Fileuse (31) — Le Charlatan (43). Quatre pièces. Belles épreuves.

284. Les Pêcheurs (20) — Un Peintre (32). Deux pièces. Belles épreuves.

OUDRY et LOUTHERBOURG (d'apr.)

285. La Surprise du Renard, par Beauvarlet — Chien en arrêt, *avant toute lettre* — Roman Comique — Phylax — Minette, 6 pl. Belles épreuves.

N° 252 du Catalogue

OZANNE (les)

286. Paysages et Marines, 8 pl.

PARIS et à la FRANCE (Est. relatives à)

287. Illumination de la rue de la Ferronnerie, 4 pl. par Marvie, Beauvais, Cochin, De Sève et Aveline. Très belles épreuves.

288. Monumens de Paris, par Regina Carey — Inauguration de la Statue de Louis XV — La Place de Louis XVI proposée au Carousel, par Berthault — Construction du Louvre? — Palais Royal, par Varin frères — Ecole Militaire, par Née et Masquelier. Six pl.

289. Vues de Paris. 53 pl. par Née, Le Veau, Niquet, d'apr. L'Espinasse et Lallemand. Belles épreuves (plusieurs *avant la lettre*).

290. Arcueil — Sceaux — Versailles — St Germain — St Cloud, etc., 58 pl. par Née, Masquelier, Malapeau, Auvray, d'apr. L'Espinasse, Monnier, etc. Belles épreuves (plusieurs *avant la lettre* ou à *l'état d'eau-forte*).

291. Versailles — Orléans — Marseille — Le Havre, etc. 43 pl. des XVIIIe et XIXe siècles. Belles épreuves.

PATER — KRAUS

292. La Pintresse, par Galimard — La Gayeté sans embarras, par Hormann.

PERELLE

293. Vues de Paris — Paysages, 12 pl. Belles épreuves.

PETITOT (d'après E. A.)

294. Fête en plein air : Bosquets d'Arcadie, 2 pl. par Volpato, se faisant pendants. Très belles épreuves.

PICART (Bernard)

295. Costumes, sujets divers, frontispices, adresses, portraits, etc., 109 pl. Très belles épreuves, plusieurs *avant la lettre*.

PIÈCES HISTORIQUES

296. Allégories historiques : Convalescence de Louis XV, par Malapeau, d'apr. Roslin — La Lorraine réunie à la France, épr. et contre épr. — Assemblée Nationale, par Ponce, *eau-forte pure*.

N° 257 du Catalogue

PIERRE (d'après J. B. M.)

297. La Curiosité — La Bergère — Le Voyage — Ganymède, 4 pl. par Pelletier, Fessard, Cochin et Preissler. Belles épreuves.

298. Pierre (J. B. M.) — David et Bethsabée — Titon et l'Aurore — Vénus et l'Amour — Le Savoyard — La Savoyarde, 8 pl. par Lempereur, Larmessin, etc. Très belles épreuves (3 *avant la lettre*).

PIERRE — PETERS — METTAY

299. Les Forges de Vulcain, par Lempereur — La Jardinière au repos, par Le Vasseur — Les Bergers romains — Port de mer. Quatre pl. (une *avant la lettre*). Belles épreuves.

POMPADOUR (Mme de)

300. Alliance de l'Autriche et de la France — Naissance du Duc de Bourgogne — L'Amitié — Les Bulles de savon — Bacchanale, etc. Six pl. Très belles épreuves.

PORPORATI (C. N.)

301. *Il Bagno di Loda*, d'apr. Le Corrège. Deux belles épreuves (une *avant la lettre*).

PORPORATI (C. N.) — AUDOUIN (P.)

302. Garde à vous ! — Il n'est plus tems ! Deux pl. d'après A. Kauffman et P. Bouillon, se faisant pendants. Très belles épreuves (la 2e *avant la dédicace*).

PORTRAITS

303. Femmes : Mme Deshoulières — Mme Duchatelet — Mme de Chateauroux — Mme Du Barry — Mme Du Boccage — Mme de Maintenon — La Camargo, Mme de Pompadour, etc., 18 pl par N. De Launay, A. de St-Aubin, Pruneau, Gaucher, etc. Belles épreuves (une *avant la lettre*).

304. Acteurs et Actrices: Préville — Laruette, 4 pl. par Auvray et Devaux. Belles épreuves (une *avant la lettre*).

305. Artistes : Pierre (J. B. M.) par Muller et Watelet — Flipart (J. J.) par Ingouf le jeune — Basan, par Marais — St-Jean, par Pinet, de Liège — C. Vanloo, par Miger — Th. Worlidge, par lui-même. Sept pl. Très belles épreuves.

306. Hallé (Claude), par Larmessin — Largillière (N. de) par C. Dupuis — Le Lorrain (R.), par J. N. Tardieu — De Troy (J. F.), par N. de Launay — Colin de Vermont, par Carmona, *avant la lettre* — Bouchardon (E.), par Beauvarlet — Coustou (G.), par Larmessin. Sept pl. Belles épreuves.

307. Grimou (J.), par Romanet — Allegrain (C. G.), par Klauber — Flipart (J. J.), par Ingouf le jeune — Le Sueur (E.), par Schuppen — Monnoyer (J.R.) par White — Tardieu (N. H.), par J. Tardieu — Chardin (J. B. S.) — Boucher (F.). par Carmona — Coypel (N.), par Audran — Basan, par Marais, 10 pl. Belles épreuves.

308. Lantara — Le Clerc fils (S.) — Moreau le jeune — Parrocel (J.), etc. 8 pl. par N. de Launay, Saint-Aubin et autres (3 *avant la lettre*). Belles épreuves.

309. Famille Royale de France, 12 pl. par Littret, Schiavionetti, Audinet, J. Massard, J. G. Mansfield, etc. Belles épreuves.

310. Teissier (E.) — Savary (J.) — Racine (J.) — Philippe V — Petam (A.) — Boileau (N.). Six pl. par Schuppen, Edelinck, Pitau, etc. Belles épreuves.

311. Etranger : Dorothée Sandow — Christian de Danemark — Maximilien Joseph de Bavière — Caroline de Danemark, etc., 10 pl. par Eberts, Preissler, Schmidt, Watson et autres. Belles épreuves.

312. Louis XIV — Solleysel (J. de) — Dorat — Le Blanc (Cl.), etc. 6 pl. par Thomassin, Fessard, Drevet, St-Aubin, etc. — et *un dessin.*

313. Voltaire — Montesquieu — Rameau — J. B. et J. J. Rousseau — Fénelon, etc., 19 pl. par St-Aubin, Ficquet, Gaucher et autres. Belles épreuves.

314. La Harpe — Fontenelle — Piron — Necker — Buffon — Beaumarchais, etc., 20 pl. par Huot, De Launay, St-Aubin et autres. Belles épreuves.

POTEMONT (Martial)

315. Vues de Paris — Paris pendant le Siège et la Commune - Paysages divers, etc. Ensemble 173 pièces. Belles épreuves.

PRUDHON (d'après P. P.)

316. La Vengeance de Cérès — L'Étude — L'Enfance — La Justice et la Vengeance divine poursuivant le Crime, etc., 5 pl. par Copia, Roger, Aubry Lecomte et Moitte. Belles épreuves (2 *avant la lettre*).

317. Constitution Française, par Copia. Belle épreuve.

318. Le Zéphir, par Laugier — Innocence et Amour, par Villerey — La Justice et la Vengeance divine poursuivant le crime, par Gelée, 4 pl. Très belles épreuves (deux *avant la lettre*).

QUEVERDO (F. M.)

319. L'Amour lançant une flèche, 2 états — L'Amour qui pleure, 2 états — La Pensée de l'Amour. Cinq pl. Très belles épreuves.

320. La Réconciliation amoureuse — Les Admirateurs de la Nature — Le Tableau à la Mode. Trois pièces. Belles épreuves.

321. Suite complète de 12 pl. in-4° pour la *Henriade*, par Dambrun, De Longueil, Halbou, etc., plusieurs en double *à l'état d'eau-forte* ou *avant la lettre*, soit seize pièces. Belles épreuves.

RAJON (Paul)

322. Sujets divers d'après les maîtres, 14 pl. *avant la lettre* (sauf 2).

N° 358 du Catalogue

RAOUX (d'apr. J.)

323. Télémaque dans l'Ile de Calypso, par Beauvarlet. Très belle épreuve.

324. Sujets gracieux, 7 pl. par Poilly, N. Dupuis, J. Chéreau et Teucher. Belles épreuves.

REMBRANDT van RIJN

325. Joseph racontant ses songes (B. 37 D. 41) — Le Martyre de St-Etienne (97-100). Deux pièces. Belles épreuves.

326. La petite Circoncision (B. 48 D. 53). Très belle épreuve de la collection P. Mariette.

327. Vénus au Bain (201). Belle épreuve.

328. Lutma (J.) (276). Deux bonnes épreuves, une rehaussée d'encre de chine.

329. Betsabée, par Moreau le jeune. Très belle épreuve *avant la lettre.*

330. Le Maître de la Vigne, par W. Pether. Epreuve *avant la lettre.*

RÉVOLUTION (Est. relatives à la)

331. Scènes de la Révolution, 10 pl. par Helman, Duplessi-Bertaux, etc., (plusieurs *avant la lettre*) — Mirabeau, par Fiesinger, soit 11 pl.

SAINT-ETIENNE — HILLEMACHER (F.)

332. Portraits — Le Peseur d'Or — Paysages, 28 pl. Belles épreuves.

SAINT-NON (abbé de)

333. La petite Charrière en couches. Très belle épreuve.

SAINT-QUENTIN (d'après)

334. Vénus endormie — Diane endormie, 2 pl. par Littret, se faisant pendants. Belles épreuves.

SANTERRE (d'après J. B.)

335. La Peinture — Un Chant agréable — La Valeur dans la jeunesse... Quatre pl. par Catherine Duchesne, De Rochefort, Bricart (une *non terminée avec* retouches). Belles épreuves.

SCHENAU (J. E.)

336. Achetez mes petites Eaux-fortes, suite de 6 pl. — Etudes de Têtes, suite de 6 pl. Soit douze pièces. Très belles épreuves.

337. Leçon de botanique, par Chevillet. Belle épreuve.

338. L'Amour conduit par la Fidélité — L'Amour distribuant ses Dons — L'Amour conduit par la Folie. Trois pièces par Littret. Très belles épreuves (une *avant toute lettre*).

339. La Jeune Pèlerine — Le petit Joueur de vielle — La petite Musicienne — L'Heureux retour, par Vidal, 4 pièces par Biosse et Martinet. Belles épreuves.

SERGENT (A. F.)

340. Henri IV, par Ridé. Très belle épreuve, *impr. en couleurs*.

SILVESTRE (Israël)

341. Vues : Paris, environs de Paris, Nancy, Lusigny, 27 pl. Belles épreuves.

SMITH (J.) — TARDIEU (N.) — WATSON (J.)

342. Schalcken (G.), d'après lui-même — Pontius (P.), d'après A. van Dyck — Coypel (C. A.), d'après lui-même. Trois pièces. Belles épreuves.

STUART (d'après Gabriel)

343. Benjamin West, par Caroline Watson, 1786. Très belle épreuve.

SUJETS RELIGIEUX

344. Sujets religieux, 28 pl. par Ribera, F. Poilly, J. B. Lucien, Th. Galle, Parrocel, etc. Belles épreuves.

SWANEVELT (H. van)

345. Paysages, 9 pl. Très belles épreuves, *avec* l'excudit du graveur (sauf 2).

TABATIERES

346. Sujets gracieux, 135 pl. (petits sujets et sujets de tabatières) Très belles épreuves.

TÉNIERS (d'après David)

347. Sujets divers et Paysages, 71 pl. (plusieurs *avant la lettre* ou *à l'état d'eau-forte*).

THÉATRE (Est. relatives au)

348. Scènes de Théâtre et Portraits, 22 pl. par D. Bertaux, Marvye, Patas, Frussotte, etc. Belles épreuves.

TROOST (d'après Cornelis)

349. L'Amoureuse Brigide — L'Amour mal assorti — Le Malade imaginaire — Le Vieleux — Les Baigneuses épiées, etc. Neuf pièces par Muys, Tanjé et Houbraken. Très belles épreuves.

TROY (d'après F. de)

350. *Beatus venter*, par S. H. Thomassin — Salmacis et Hermaphrodite, par Daullé — Suzanne et les Vieillards, par Cars. Trois pièces. Très belles épreuves.

UDEN (Lucas van)

351. Uden (L. van), par Vorsterman et Gaillard — Paysages, 25 pl. Belles épreuves.

VANLOO (d'après Carle)

352. Vanloo (C.), par Klauber, 2 états — L'Amour — La Gayeté — L'Architecture — L'Amour désarmé — La Comédie — Baccha. Huit pl. par Strange, Levêque, Fessard, Henriquez, Carmona et Lépicié.

VELDE (A. van de) — VER MEER DE JONGE

353. La Brebis couchée, copie — La Brebis debout — Les deux Vaches au pied d'un arbre, etc. Sept pl. Très belles épreuves.

VELDE (J. van de) — VISSCHER (J.)

354. L'Ange et Tobie — L'Étoile des Rois — Le Troupeau en marche, etc., 6 pl. Belles épreuves.

VERNET (d'après Joseph)

355. Vernet (J.) — Marines, 10 pl. par Martini, Dufour, Zingg, Corbutt, etc., la plupart à *l'état d'eau-forte*.

VERNET (d'après C.)

356. Congé absolu, par Godefroy. Deux belles épreuves (une à *l'état d'eau-forte*).

VIEN (d'après J. M.)

357. L'Amour empressé — La Douce Mélancolie — Offrande à Vénus. Trois pl. par Vangélisti et Beauvarlet. Belles épreuves.

VIGÉE-LEBRUN (d'apr. Mme E.)

358. Mme Porporati, par Porporati. Très belle épreuve.

WATERLOO (Ant.)

359. Paysages. Quinze pièces. Belles épreuves.

WATTEAU (d'après Ant.)

360. Watteau (A.), par Crepy fils et Lépicié — La Peinture — La Sculpture, par L. Desplaces — *En vain nous prêche-ton — Dans ce beau Jardin...*, par Dupin. Six pièces. Très belles épreuves.

361. Les Champs-Elysées, par N. Tardieu. Très rare épreuve à *l'état d'eau-forte* (restaurée).

362. La Diseuse Daventure, par Cars. Très belle épreuve (légère épidermure).

363. L'Indiscret, par M. Aubert. Très belle épreuve.

364. La Danse Champêtre — L'Amour mal-accompagné, 2 pl. par Dupin. Très belles épreuves.

365. L'Alliance de la Musique et de la Comédie, par Moyreau. Superbe épreuve, toutes marges.

366. L'Abreuvoir — Le Marais. Deux pl. par L. Jacob, se faisant pendants. Belles épreuves.

367. Le Pénitent — La Sultane — Le Docteur. Trois pl. par B. Audran et Filleul. Très belles épreuves.

368. La Sainte Famille, par Mme Du Bos — Le Repas de campagne, par Desplaces. Deux pl. Très belles épreuves.

369. Iris, c'est de bonne heure... réduction — Têtes de Femmes, par Gonord. Sept pl. Belles épreuves.

370. Heureux âge... — Colation champêtre — Le Naufrage — L'Alliance de la Musique et de la Comédie — Qu'ay-je fait..., etc. 9 pl. par Tardieu, Cochin, Caylus, etc.

WATTEAU DE LILLE (L. J.)

371. Scènes militaires, 5 pl. Belles épreuves.

WEIROTTER (F. E.)

372. Weirotter (F. E.), par J. Balzer — Paysages, 31 pl. Belles épreuves.

WEYS (B.)

373. Sujets divers et Têtes de Fantaisie, 165 pl.

WILLE (J. G.)

374. Wille (J. G.), par Muller et Ingouf — Le Concert de Famille, d'apr. Schalken — Les Offres réciproques, d'apr. Dietricy — Les Musiciens ambulants, d'apr. le même — Les Délices maternelles, d'apr. P. A. Wille. Six pièces.

WOUWERMANS (d'apr. Ph.)

375. Sujets divers — Frontispice. Neuf pl. Belles épreuves (3 *avant la lettre*).

BIBLIOTHÈQUE NATIONALE R. F.

FRAZIER-SOYE

GRAVEUR-IMPRIMEUR

153-157, RUE MONTMARTRE

PARIS

RED. :

20

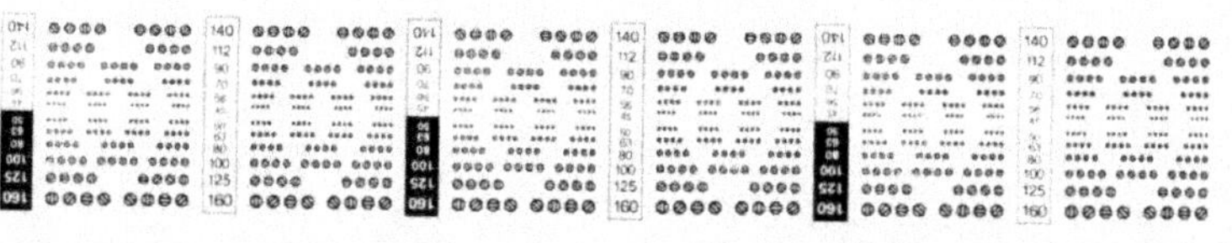

MIRE ISO N° 1
NF Z 43-007
AFNOR
Cedex 7 · 92080 PARIS-LA-DEFENSE

379.89.70
graphicom

BIBLIOTHEQUE
NATIONALE
DE FRANCE
****
CHATEAU
DE
SABLE
1996

www.ingramcontent.com/pod-product-compliance
Ingram Content Group UK Ltd.
Pitfield, Milton Keynes, MK11 3LW, UK
UKHW022129170726
13837UKWH00003B/1450